이번 생은 집사지만
다음번엔 고양이가 좋겠어

これから猫を飼う人に伝えたい10のこと

KOREKARA NEKO WO KAU HITO NI TSUTAETAI JUU NO KOTO
Text by Satoru Nio
Illustrations by Sayo Kōizumi

Korean translation copyright ⓒ 2018 by Little Cat At Noon
Korean translation rights arranged with Satoru Nio, Sayo Koizumi
through Cat's Meow Books and Schrödinger.

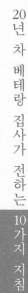

20년 차 베테랑 집사가 전하는 10가지 지침

이번 생은 집사지만 다음번엔 고양이가 좋겠어

니오 사토루 지음 · 고이즈미 사요 그림 · 지우 옮김

오후의
소묘

차례

1

앞 으 로 2 0 년

지난 20년을 돌이켜보니, 그전의 저라면 상상도 못 할 방향으로 삶이 흘러왔습니다. 과거의 내가 지금의 나를 본다면 깜짝 놀라겠죠.

결혼을 했다고? 고양이를 키워? 아홉 마리나! 단가短歌*는 또 뭐야?! 하다노秦野**는 대체 어디지?

황당해서 허둥댈 제 모습이 절로 그려집니다. 20년이라는 것은 이런 세월입니다.

고양이의 수명은 길게 보면 20년 정도입니다. 이제 고양이를 반려할 당신에게도 앞으로 20년간 여러 일들이 생길 테죠. 이사를 하고 이직을 하고, 가족이 늘고 혹은 줄고…….

한 가지 확실한 건 그 모든 일의 장면에 '고양이가 있다'

는 사실입니다. 그러니 '지금'만이 아니라 '앞으로 20년'을
그려야 합니다.

어떤 일에나 고양이가 있을 20년. 그리고 고양이가 당신
을 앞질러 나이 먹는 20년.

고양이를 맞이할 때에는 늘 '건강할 때나 아플 때나⋯⋯'
라는 문구가 머리를 스칩니다. 아내와 결혼식도 올리지 않
은 주제에 말이죠.

고양이를 반려하는 것은 당연한 말이지만, 고양이의 일
생을 통째로 떠맡는 일입니다.

---

* 일본의 정형시. 저자는 단가 작가로 이 책에도 고양이 단가를 실었다. 5-7-5-7-7로
되어 있지만, 우리말 운율에 맞춰 번역했다. 원문을 함께 실었다.
** 일본 가나가와현의 도시로 저자의 거주지.

손에 더는 상처가 생기지 않네

아깽이 고양이가 다 되었구나

僕の手にもう生傷がないことで

子猫が猫になったと気づく

2

이 름 짓 기

고양이와 함께 살면, 그 고양이의 이름이 가장 자주 쓰는 말이 됩니다.

그러니 이름을 지을 때 충분히 생각하고 나서……라는 건 전혀 통하지 않죠.

'이 몸은'* 하고 말할 것만 같아서 '나쓰메'**라는 이름을 붙인 고양이가 있습니다. 지금은 '히게'(수염)라고 부릅니다.

하얀 하늘에 먹구름 낀 듯한 생김새라 '시구레'(소나기)라고 이름 지어준 고양이는 '니' 하고 부릅니다.

무늬가 짙은 삼색 고양이는 '코미'***라고 지었는데 결국 '구타'라고 부릅니다. 구타는 심지어 아무런 뜻도 없습니다. 그렇게 부르는 이유를 저도 알 수가 없네요. 어째서 이렇게 돼버렸을까요?

그저 두세 글자뿐인 이름인데 단 한 자도 남지 않지 않고 전부 바뀌었다니. 본래의 이름에 연연하지 않았기 때문이겠죠.

입에 자주 올리는 말이니까 점점 더 부르기 쉽게 바뀌어 별명이 되고, 본명은 어느 틈에 병원에서나 쓰는 이름이 되고 맙니다.

그러니 좋아하는 이름을 붙이세요.

* 와가하이吾輩. 남성의 1인칭 옛말로 소설 《나는 고양이로소이다吾輩は猫である》에 쓰인 단어다.
** 《나는 고양이로소이다》의 작가 나쓰메 소세키에서 따 온 것.
*** 짙은 삼색 털이라는 뜻의 '코이미케濃い三毛'를 줄인 말이다.

수염 없는 고양이 없을 테지만

수염이라 부르는 얼굴을 했네

ヒゲのない猫などいないはずなのに
ヒゲと呼ばれる顔をした猫

3

기 대 를   저 버 리 는   존 재 라 서

제가 고양이를 위해 무언가 해준 일은 없습니다.

고양이를 위해 해주는 것처럼 보여도, 실은 전부 자신을
위한 것이지요.

바깥 고양이들이 헤매다 저희 집 뜰에 들어오면 쉬어 갈
수 있도록 작은 집을 마련해두었습니다. 날이 추워지면 길
고양이들에게 마음이 쓰이는 터라 몇 개 더 지었습니다. 겨
울에는 포근한 천을 깔아 잠자리를 꾸며줍니다. 그걸로 저
도 안심하고 잠들 수 있습니다. 모두 저를 위한 일입니다.

고양이에게 장난감이나 스크래처*, 간식을 사주는 일도
똑같습니다. 저 좋을 대로 하는 것입니다.

그래서 제가 사 온 장난감을 이상하다는 듯 쳐다보고 지
나쳐버려도, 결코 슬퍼하지 않습니다.

모처럼 새로 장만한 스크래처를 거들떠보지도 않고 그 옆에 있는 소파만 뜯어대도, 결코 슬퍼하지 않습니다.

　기호성 좋다고 소문난 간식에 입 한 번 대지 않아도, 결코 슬퍼하지 않습니다.

　그건 다 저를 위해 산 것이니까요.

　고양이는 기대를 저버리는 동물이니까요.

　기대에 부응하지 않는다는 점이, 또 좋으니까요.

* 고양이가 발톱을 갈기 위해 뜯을 수 있도록 만든 것.

봉투에 머리 넣고 장난치는 너

내가 준 장난감은 제쳐두고서

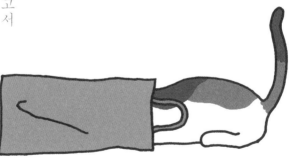

入ってた袋のほうでじゃれる猫

僕の選んだおもちゃをよそに

4

길 들 여 지 지   않 아 요

　고양이는 길들여지지 않습니다.

　배변 문제는 화장실을 기억하기까지 걸리는 시간이 제각각일 뿐 거의 제대로 가리게 됩니다(이불에 실수를 한다거나 스프레이*를 하는 경우도 있지만, 그건 조금 다른 이야기입니다).

　스크래칭은 어떨까요. 정해진 곳에서 하도록 만드는 데는 어느 정도 궁리가 필요합니다. 제 경우에는 아예 처음부터 집 전체를 스크래처라고 여기도록 두었습니다. 소파나 벽이 너덜너덜해져도 그다지 신경 쓰지 않습니다. 집이 고양이에겐 큰 스크래처니까요.

　고양이가 하지 말아야 할 일이 있다면, '인간이' 미리 예방해야 합니다. 고양이가 무언가를 망가뜨렸다면, 고양이가 다니는 곳에 부술 만한 물건을 둔 '인간'의 탓입니다. 고양이를 야단칠 수도, 가르칠 수도 없지요. 그러니 체념하는 것이 가장 훌륭한 태도입니다. 강제로 교정하려 하지 말고 함께하는 법을 익히세요.

'어쩔 수 없네' 하고 쓴웃음 지으며 이것저것 포기해보기를 바랍니다. 포기라는 건, 생각보다 멋진 일이에요.

이게 실패한 자의 억지인지 어떤지는 실은 저 스스로도 전혀 알 수 없지만 말이죠.

* 배뇨와는 다르게 영역 표시를 위해 소변을 흩뿌리는 행위.

고양이가 해서는 안 될 일 없지

안 하면 좋을 일은 천지라 해도

猫がしちゃいけないことのない家で
しなくていいことばかりする猫

5

고 양 이 는   고 양 이 를   부 른 다

저희 집에는 고양이가 여럿 있습니다. 만약 한 마리였다면 어땠을까. 상상해봅니다.

그 고양이는 아침부터 제 가슴팍에서 골골송을 부르겠지요. 아침을 먹을라 치면 발에 슬금슬금 다가와 애교를 부릴 겁니다. 현관에서 신발을 신고 있으면 '어디 가?' 하는 얼굴로 고개를 갸웃거리겠죠. 괜스레 찾아오는 죄책감을 저는 견딜 수 있을까요.

외출하고 나서도 고양이가 혼자 쓸쓸해하면 어쩌지 걱정이 되어 급히 집으로 돌아오고 말 것 같습니다. 그러다 보면 외출 자체를 꺼리게 될지도 모르죠.

집 밖에 나가는 걸 싫어하는 제가 어떻게든 사회생활을 유지하고 있는 것도 고양이가 여럿이라서가 아닐까 싶습니다.

고양이를 반려한다면 하나보다는 둘이 낫습니다. (물론 아홉 마리까지는 추천하지 않습니다…….)

물론 두 생명을 책임지게 되는 무거운 일이지만, 외출 시의 죄책감은 덜어지고 기쁨은 두 배가 더 되지요. 고양이들이 서로 기대 자거나 우다다 사냥놀이를 하는 모습을 보고 있자면, 그보다 좋을 수가 없습니다.

그런 고양이들을 바라보고 싶어서 지금도 집에서 나가지를 못 합니다만.

창가에 쪼르르륵 다섯 고양이

「르르르르」 글자처럼 보이네

窓際に5匹の猫が並んでる
「るるるるる」って見えなくもない

6

탈 주 는 금 물

'탈주'라니, 영화 속에만 나오는 말인 줄 알았습니다.

고양이가 집을 나간 일이 몇 번 있었습니다. '탈주'라는 어감과는 거리가 먼 사태였습니다만. 작정하고 나갔다기보다 고양이도 정신을 차려보니 낯선 곳에 있었던 거죠. 제 발로 나간 건 생각도 않고 '어? 내가 왜 이런 데 있지?' 어리둥절해하면서요. 이렇게 밖으로 나가버린 고양이는 어째서인지 거기 꼼짝 않고 있거나, 갑자기 도망치기 시작하거나, 둘 중 하나입니다.

고양이를 잃어버리면 후회와 자책에 시달리게 됩니다. 좀 더 조심했어야 하는데, 사고라도 당하면 어떡하지, 다른 고양이랑 싸우기라도 하면 어쩌지. 나쁜 생각들만 머릿속을 떠다닙니다.

다행히 지금까지는 돌아오지 않은 고양이가 없지만, 그건 그저 행운이라고밖에 말할 수 없습니다.

꼭 실내에서 키우고, 탈출은 미연에 방지해야 합니다.

여름에는 특히 방충망에 주의하세요.

한번은 고양이가 창에 달려들어 방충망이 찢어지고 몸이 반쯤 밖으로 나간 적이 있습니다. 방충망에 벌레가 앉아 있었던 거죠. 정말이지 고양이는 방심할 틈을 주지 않습니다.

그 후 방묘창을 달았습니다.

이 집은 산책길에 들른 건가요

길냥이였던 고양이 밖을 보네

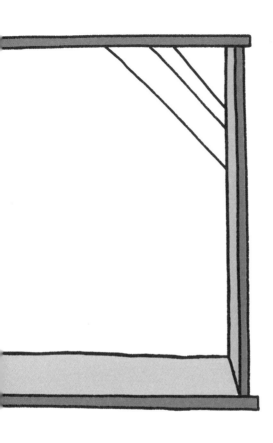

この家は長い道草なのですか

　元野良猫が外を見ている

7

골 골 송

행복이 끝나는 순간을 실감해본 적, 있나요?

저는 있습니다. 일상적인 일이죠.

고양이의 소리가 그칠 때, 행복도 멈춥니다.

그릉그릉-이랄지, 골골-이랄지, 갸르릉-이랄지, 아무튼 기분 좋은 소리를 냅니다. 폭신폭신하고 부드럽고 따뜻한 등을 쓰다듬으면 행복이 시작되죠. 그러고는 예고도 박수도 없이 막을 내립니다. 울림이 갑자기 멈추거나 쌕쌕거리는 숨소리로 바뀌기도 합니다. 그때마다 '이 고요는 행복이 다한 소리구나' 생각합니다.

만일 신이 있다면, 그(혹은 그녀)의 가장 큰 업적은 고양이의 울림을 만든 일이 아닐까요? '기분이 좋아지면 저도 모르게 몸에서 소리가 난다'라니, 그 발상이 대단합니다.

대체 어떻게 고안해낸 걸까요. 더구나 고양이 스스로도 언제 골골송을 시작하고 끝내는지 잘 모르는 눈치입니다. 그야말로 신만이 알고 있다, 랄까요.

그리고 그 울림은 신기하게도 다른 무언가를 할 마음이 전혀 들지 않게 만들어버리는, 이 세상에서 가장 멋진 소리입니다.

신이란 역시 천재네요.

행복은 무겁고 쓰다
무릎 위 고양이를 깨우지 않고
커피를 홀짝이는 일

幸せは重くて苦い
ひざに寝る猫を起こさず
すするコーヒー

8

길 고 양 이

밖에서 고양이를 마주치는 일에는 여전히 서툽니다. 서툴다, 라고 말하기엔 조금 어폐가 있습니다만. 어디에서 만나든 고양이는 사랑스러우니까요. 길고양이에 대한 태도가 아직 정리 되지않았다는 것에 가깝겠군요.

길고양이의 처지는 각양각색입니다. 사람이 유기한 고양이도 있고, 어미 고양이가 키우기를 포기한 아기 고양이도 있습니다. 지역 주민들이 돌봐주는 동네 고양이가 있는가 하면, 간혹 집 안팎을 자유롭게 다니는 고양이도 있습니다.

겨울철 바깥에서 고양이가 보이면 '몸을 녹일 곳은 있을까', '먹을 게 부족하진 않을까' 안절부절못합니다. 고양이에게는 민폐일지도 모르지만요. 말을 걸었을 때 다가오면 '원래 집고양이였나' 싶어 몹시 안타까워집니다. 물론 무시

당하는 경우도 아쉽긴 마찬가지네요.

　반대로 길을 가다 다른 집 창가에서 고양이를 발견하면, 그날은 운 좋은 날! 간혹 눈에 띄는 집고양이는 어째서 그토록 행복해 보일까요.

　고양이가 집집마다 창가에서 햇볕을 쬐고 있다면 좋겠습니다.

　그럼 저는 운 좋은 날이 늘어나, 더욱 기쁠 테죠.

사람을 반가워하는 길고양이

한때는 이름으로 불렸겠구나

ノラなのに人なつっこい
おそらくは過去に名前で呼ばれてた猫

9

진정한 집사의 길

고양이를 반려하는 이를 '집사'라고 합니다만, 진정으로 고양이를 위하는 집사가 되는 경우는 의외로 적습니다.

고양이를 위하는 일이라면 밥 주기, 화장실 청소하기, 집 안 온도 유지하기, 병원 가기, 탈출 방지하기, 놀아주기, 이야기하기, 쓰다듬기, 그리고 변화를 눈치채기 정도가 있겠지요.

고양이는, 일본에서 고양이를 뜻하는 말인 '네코ねこ'의 어원이 '네코寝子'(자는 아이)라는 설이 있을 정도로 많이 잡니다. 정말 줄곧 잠만 자는 터라 변화를 눈치채기가 어렵습니다. 그래서 화장실을 치울 때 소변의 양이나 색, 대변의 굳기를 살펴야 합니다. 쓰다듬을 때도 모질이 나빠지거나 살이 빠지진 않았는지, 염증이나 상처는 없는지 신경 써야 합니다. 의사가 촉진하듯 말이죠.

무언가 변화가 느껴진다면 곧장 병원에 가야 합니다. 고양이의 시간은 밀도가 높고 속도가 빠릅니다. 검사 결과 아무것도 아니라면 '아무 일도 없어서 다행이야'라는 마음가짐으로, 귀찮아하지 않을 것.

'이 의사가 안 되겠다고 하면 방법이 없다'라는 신뢰가 생기는 병원을 단골로 삼을 것. 그 병원이 쉬는 날일 때를 대비해 휴진일이 다른 두 번째 병원도 확보해둘 것. 물론 가장 가까운 구급병원도 체크해놓을 것.

이렇게 생각해나가다 보면, 언젠가 진정한 집사가 되는 일도 가능하지 않을까요?

겁쟁이가 미래를 우려하는 듯

볼일 보는 고양이 표정이 좋아

預言者が未来を憂う顔をして
用を足してる猫が好きです

10

이 별

고양이를 반려하는 것은, 당신의 인생에 고양이의 생애가 통째로 들어오는 일입니다. 필연적으로 고양이의 죽음을 마주하게 되죠. '키우기도 전에 그런 걸 생각하고 싶지는 않아'라고 여길지도 모르겠습니다. 하지만 간병까지 전부 포함하는 일이 '반려'입니다. 거창하게 말하자면, 키우기 전에 '각오'가 필요하다고 생각합니다.

……라니, 잘난 듯 써놓았지만 제 자신도 그런 각오는 되어 있지 않았습니다. 어림없는 소리지요.

고양이의 죽음은, 엄혹합니다.

어딘가 뜯겨 나가는 듯한 감각이 언제까지고 계속 이어집니다. 갑자기 뱃속에서부터 '슬픔'이라고밖에 말할 수 없는 것이 솟구쳐, 토하듯 울고 있는 자신을 발견하곤 합니다. 스스로 통제 불가능한 영역이지요.

저는 지금 아홉 고양이를 반려하고 있습니다. 앞으로 그런 경험을 적어도 아홉 번은 더 겪어야 하다니, 생각만으로도 생각하고 싶지 않습니다.

그럼에도 불구하고 생각하고, 또 생각하고, 배에 기합을 넣습니다.

지금까지 고양이로부터 얼마나 구원받아왔는가. 내가 돌보지 않는다면 어떡할 것인가. 그런 배은망덕이 어디 있겠는가.

쇠약해진 고양이 찍지 않으니

아라키*는 될 일도 아니겠구나

衰えた猫はやっぱり撮れなくて
アラーキーにはなれそうもない

* 아라키 노부요시. 일본의 유명 사진작가로 반려묘 치로의 죽음까지
  담은 《치로의 사랑과 죽음チロ愛死》을 펴냈다.

슈사장이 전하고 싶은 한 가지

아무리 많은 고양이와 오래 살았다고 해도 계속 고양이에 대해 공부해야 합니다.

모든 고양이는 다 다릅니다. 첫 고양이를 쓰다듬으면서 이제는 이해할 것 같다고 생각하다가도 다음 날이면 또 너를 절대 알 수 없다고 읊조립니다. 당연합니다. 오늘의 조르바는 일년 전의 조르바와 다르고, 다섯 살의 조르바는 다섯 살의 미오, 다섯 살의 다윈과 달랐고 다섯 살의 메이는 또 다를 테니까요. 우리는 매일 새로운 고양이와 마주하고 있습니다.

사람도 변합니다. 특히 애묘인의 세계는 점점 더 넓고 깊고 정교해지고 있습니다. 고양이에 대한 연구도 계속되어 잘못된 통념이 깨지고 새로운 치료법이 나오며, 기상천외한 고양이 용품도 나옵니다. 그러니 앞으로 고양이를 위해 무엇을 더 할 수 있는지 기대하고 상상하며 계속 고양이 세계를 탐구해야 합니다.

처음 고양이를 입양하기로 했을 때, 저는 제가 준비된 사람인 줄 알았습니다. 착각이었습니다. 무지에서 나온 행동은 첫 고양이 조르바와 저희 가족 모두에게 상처로 남았습니다. 고양이는 잊을지 몰라도 사람은, 잊지 못합니다. 언젠가 이별하게 되면 그날의 일들은 더욱 저를 괴롭힐 것입니다.

'고양이책방 슈뢰딩거'는 저에게 속죄와 같은 장소이기도 합니다. 조르바에게 보내는 사과입니다. 미안하다. 더 공부할게. 그리고 서점을 만들어 사람들이 고양이에 대해 좀 더 잘 알게 할게. 그렇다면 우리와 같은 상처를 받는 사람과 고양이가 하나라도 줄어들겠지. 그러면 너에게 남은 흉터도 무의미한 것은 아닐 거야.

만약 그때 이 책이 있었다면 어땠을까요. 고양이를 반려하려는 사람에게는 이 책에서 전하는 '마음의 준비'가 더 중요합니다. 사료, 장난감, 모래, 캣타워를 구입하기 전에 고양이는 실로 어떤 존재인지, 어떻게 키워야 하는지 알아보고 내가 진정 고양이를 반려할 수 있을지 생각해야 합니다. 입양한 후에도 고양이에 대해 알아가기를 멈추면 안 됩니다.

한 뼘 고양이 속이 너무나 깊어
아아, 너는 그대로 있으려무나
한 올 한 올 너를 알아가는 기쁨

니오 사토루

고양이 시인이자 에세이스트. 일본 가나가와현에서 아홉 고양이와 함께 살고 있다.
2007년부터 잡지 〈네코마루ネコまる〉에 '고양이 단가'를 연재했으며 2016년부터는 고양이
사진 격월간지인 〈네코비요리猫びより〉에 고이즈미 사요와 함께 '고양이가 있는 집으로 돌
아가고 싶다'를 연재하고 있다.
http://kotobako.com

고이즈미 사요

고양이를 그리는 일러스트레이터. 고양이 집사로 20년 넘게 살고 있다. 좋아하는 것은 고
양이, 오래된 것, 술. 좋아하는 일은 고양이 보살피기, 산책, 카페 탐방. 반려묘 초지로의
암 투병기와 이별을 담은 《안녕, 초지로》를 썼고, 《우리 고양이는 왜?》《고양이의 사생
활》 등이 국내에 소개됐다.
http://sayokoizumi.com

옮긴이 지우

김삼삼, 강모카, 이치코, 고미노의 집사. 고양이책방 슈뢰딩거에서 소장을 맡고 있으며,
책을 만들고 팔고 소개하는 일을 한다. 오하루를 품고 산다.

이번 생은 집사지만
다음번엔 고양이가 좋겠어

20년 차 베테랑 집사가 전하는 10가지 지침

초판 1쇄 발행 2018년 10월 15일

지은이 니오 사토루
그린이 고이즈미 사요
옮긴이 지우
펴낸이 소묘
디자인 소요 이경란

펴낸곳 오후의 소묘
출판신고 2018년 8월 30일 제 25100-2018-000056호
littlecatatnoon@gmail.com

한국어판 출판권 ⓒ 오후의 소묘 2018

ISBN 979-11-964841-0-1 03830